글촌시인선 002

그대 날더러

정해인 시집

그대 날더러

초판 발행 2023년 8월 1일

지은이 정해인
발행인 김차중
발행처 도서출판 글촌
출판사업본부장 유주한
마케팅 홍보 김동길
일러스트 신우선
인쇄 예원프린팅

신고번호 제2022-00235호
주소 서울특별시 마포구 양화로 133 서교타워 708호
전화 02-325-3726 **팩스** 070-7596-3725
전자우편 원고투고: hanll@naver.com

ⓒ 정해인, 2023

ISBN 979-11-981313-3-1
ISBN 979-11-981313-1-7 (세트)

그대 날더러

정해인 시집

시인의 말

너무 오래 걸렸다

어두워지기 전에 더 가야 한다

비바람 부는 날도 있겠지

눈보라 치는 날도 있겠지

그래도 가야 한다

더 어두워지기 전에

2023 여름,

정 해 인

2부 환승역에서

3부 아내와 수저

평설

그러나, 살아가는 힘 – 정해인의 시세계

1부 궁금증

단상

가지 말라 해도
가야 한다며 기어이

가신 날 비처럼
오늘도 찬 비

바람마저도 어쩌면
그날처럼 차가워

지나간 여인의 슬픈 입술인 양
파르라니 떨던

그대 슬픈 입술의
안녕

피지 않는 꽃

피지 않는 꽃이 어디 있고
지지 않는 꽃이 어디 있으랴만

피지도 않고
지지도 않는

내 사랑의
슬픈 꽃
한 송이

옹고집

꼭 그래야만 되는 것처럼

고 자리엔 아주까리
고 자리엔 밤콩

땅을 두고도 왜
그 방죽 두둑에 왜

참깨는 씨 세우기 어려워 들깨
참외는 속 차게 한대서 노각

가지에 토마토에
강낭콩에 서리태도 매양 고 자리

모든 게 다 평생을 배우고 익힌 대로라
가실 때도 고냥 고대로

삼베 적삼에 쪽진 머리
아주까리기름 바르시고 가셨어라

은비녀 쌍가락지에 금니
돈 될 건 다
머리맡에 두시고서

출근

앞이 안 보인다

안내는 지팡이가 하고
좀 모자란 건
도움을 받는다

누구의 출근인가

안 보이는 이와
도움 주는 젊은이

물음표 차마
붙일 수 없어

성스러운 체
가만히 바라보기만 했다

이른 아침
지팡이의 출근 소리

젖어드는
우수
몇
폭

쪽지

우유 하나를 배달하면 얼마나 남길래

산골 동네 외딴집
우유배달 안내 쪽지가 쪽문에 대롱대롱
한 사람 아니면 한 가족의 목숨이 걸린 듯
이 외진 곳에도 우유를 배달해 줄 수 있다며

비만 오면 진창이 되는
산골 동네 이 외딴집

우유 드세요 우유, 지금 드시면 2개월 무료

쪽지에 매달린 전화번호가
애원을 하고 있는데

예보대로 비는 오시려는지

먼 데서 들리는 천둥소리

우르릉 쾅쾅 우르릉 쾅
하늘이 두 쪽으로
갈라졌다

꿈

며칠째
어머님이 오셨다 가신다

여태까지
못 가셨단 말인가

아니면,
집 아직 못 찾으신 건지

영락없는 옛 모습 그대로
어머님 오셨다 가시는데

바람마저 꽁꽁 언
동지섣달 긴 긴 밤

얼음장 같은 윗목

아버지 옆 어머니 사진

금세라도
걸어 나오실
듯

거기에서는

마음이 먼저 가 기다리던 곳이다
시내버스 같은 시외버스를 타고
먼저 간 마음의 뒤를 따랐다

계절 하나가 한창 익어가고 있었다
나이 좀 든 철은
혼자서 툭툭 떨어지고 있었고
벌들은 윙윙 날며
꽃 향을 나르고 있었다

하얀 꽃잎 눈처럼 쏟아지고
하루밖에 없을 것 같은 계절 속에
겨운 하루를 피해 나온 사람들은
못 믿을 시간과 타협도 하지 않을 것 같이
오랜만의 시간을 붙들고 있었다

어떤 모순도 용서할 수 있을 것 같은 계절은 그때
굳이 품위를 요구하지 않을 것처럼 너그러워질 무렵

한바탕 바람은
게으른 계절 하나를 재촉하며
굽을 길 모퉁이를
막 돌아서고 있었다

지는 태양이 붉게 타는
노을 속으로

사랑 이야기

내가 사랑한다고 말했을 때
그녀,
나도
라고 말했다

얼마나 사랑하는데
라고 물었을 때
그녀,
어린애처럼 손뼉 짝짝 치며
하늘땅 별땅 만큼
이라고 말했다

그러니 절대
헤어지지 말자고 말했을 때
그녀,
말없이 고개 끄덕이며

눈시울 빨갛게 붉혔었지

그러던 어느 날 그녀
말없이
가,
버렸다

잊을 수 없는 그대
행여를 믿어
기다리고 기다리던 나

그 위대함만이
안쓰러울 뿐이었지

부끄러운 열병(閱兵)
-호국의 달에-

간다
나이 칠십
서울 살이 오십여 년 만에 처음

바람 불고
꽃피고
일상에서 만나던 녹음 속에
엄숙을 틀어쥐고 서 있는 침묵의 도열

숙연의 옷깃 여며 가슴에 안고
몸 조아린 열병 혼자 하고 있는데

병사들은 저마다
비명(碑名)으로 관등성명을 대고
헌화마저 없는 영혼들은
충혼을 빌어 내 손을 잡는데

드릴 것 없는 나는
부끄러움만 한아름 가만히 내려놓고

편히 잠드소서만
연신 고했을 뿐

외식

두 살배기 손녀까지
식구 일곱이서 식당에 간다
세 아이 아버지가 된
아들이 좋아한다는 곳

펄펄 끓는 해장국이 한 그릇 나온다
뜨거워 손댈 수도 없는 공깃밥도 한 그릇 나온다
펄펄 끓는 해장국에
손댈 수도 없는 밥을 말아
후후 불며 한 그릇 뚝딱 해치운다

등줄기에서 흐르는 후줄근한 땀
몸도 마음도 따뜻해지는데
야근하러 들어간다는 아들의 뻘건 눈이
내 눈에 들어온다

고단함이 흠뻑 배어있는 눈
생활을 말해주는 눈에서는
일상이 가득 들어 있었다

내 눈과 마주치는 것을
애써 피하려는 아들의 시뻘건 눈

그래서리라
집에 돌아오는 내내

해장국 값은 내가 낼 걸 하는 생각이
헐겁기만 한 주머니 속
늙은 지갑을 원망하며

통
지워지질 않았다

학대

개가 짖는다
개가 운다

여럿이서 함께
애원하며 깨갱인다

그런데 주인

개가 짖는다고
개가 운다고

재수 없다고
개를 마구 팬다

개만도 못한 사람이
사람 같은 개를
마구 팬다

어떤 여자

여자가 버스를 운전한다고
얼굴도 고운 여자가 마을버스를 운전한다고
세상에 참 신기한 일도 다 있다고

수군거리고
쑥덕거리고
오죽했으면 여자가 운전을 다 하겠냐고

혀끝에 채인 여자는

젖은 눈시울
혼자 훔쳤었노라고

얼마 전엔
추억에 젖은 눈물 찍어내며
그 시절을 말했었지

현재 진행

물음표 가득한 세상
마침표 찍어도 좋을 자리에
물음표 하나 또 찍고

말없음표 하나
느낌표 두 개는 두고

쉼표 하나
마침표 하나를 들고

마침표 함부로 찍지 못한 채
물음표만 또 찍으며 사는

나에게 생활은
마침표 없는 매일의 굴레
가난한 밥상 위의

풍요로운 허기

언제쯤 나는
고소한 마침표 한 번 꽝 찍고

시원한 막걸리 한 사발을
벌컥벌컥 들이킬 수 있을까

여인

치마 한 번 둘러 본 적이 없다고 했다
사내 덕 본 적도 없고
세상 덕 본 적 역시 없다고 했다

부질없이 살고만 있다는 여인
숨어 지낼 어두움과 그늘이 있어
겨우 견딜 수 있었다고도 했다

이유 없는 삶으로의 초대
거부하지 못한 나날들의 흐름 속에
삶의 무게 너무 무거워
내려놓으려 했던 적도
여러 번 있었다고 했다

끝도 없는 이유의 부재 속에서
행여 낯익은 사람들이라도 만나면

메마른 갈대처럼 비시시 웃던 여인

여인에게 삶은

끝내 만나고 싶지 않던
깊은 한숨이었다고 했다

그래도 살아가야 할

어제는
힘들어 죽겠다는 사람과
술을 마셨다

오늘은
더러워 못 살겠다는 사람과
술을 마셨다

죽고 싶고
못 살겠다는 사람 많은 세상

고단한 영혼의 벗이
술이라면

나는 내일

그렇다고 죽을 순 없다며
불끈 쥔 두 주먹으로
뜨거운 눈물 막 문지르며
펑펑 우는 사람과

술 마시고
싶다

가을

지긋지긋하던 장마 때만 해도

포악하던 태풍
그렇게 난동부릴 때만 해도

도저히
돌아올 것 같지 않던 가을이

어디
숨어 지낼 곳이라도 있었는지

그저껜,
쌀랑한 바람이랑
무서리 살짝 부리더니

어젯밤엔,

기러기가 물고 왔나?

발밑에 구르는
낙엽,
몇
장

궁금증

시골 이웃 동네
선보라는 여자 있었다

마음에 두었던 여자 있어
끝내 보지 못한 여자

내내 궁금한 걸 아내에겐 숨기고
이제껏 품고 있는 걸 보면

선 못 본 그 여자
무슨 연분이 있었는지
아직도 궁금하여
이따금 생각나는

이 비밀스런 사실을 아내에게 말하면
진정 착한 여자로만 알던 아내

뭐라고 할까

천하에 엉큼한 배신자
더러운 위선자라며
끔찍이 날 세운 손톱 열 개로
박박 할퀼까 물어뜯을까

아니면
칠십이 내일모레니
별 볼 일 없다 싶어

하얗게 눈만 한번 흘기고 말까

못내 궁금하여
이런저런 생각을 하게 하는

그 여자 왜 자꾸 궁금할까

큰일 날까
걱정도 꽤
된다마는

2부 환승역에서

노을

이제 막 익은 홍시처럼
홱 따먹고 싶은

노을이 어쩜
저렇게 익고 있단 말인가

한 자가웃쯤 오려
아내 옷 한 벌 지어주고

한두 자는 잘라내어
시집갈 때 못 해준
딸 치마라도 하나 기워주고 싶은

황혼이 어쩜
저렇게 익고 있단 말인가

어쩔 수 없는 황홀처럼
훨훨 타고 있는 노을

내 진정 서러워지는 건
내 무단히
그리워지는 이 있어

곧 지고 말
저 노을을 두고

환승역에서

이 거대한 물결이
사람의 물결이라니

아침마다
저녁마다
그리고 매일

저렇게 오고 가고
저렇게 가고 오는

저 물결이
사람의 물결이라니

마땅해 보이는 저 물결 속에
어찌
바쁘고 힘든 일만 있으며

숭고한 저 물결 속에
어찌

슬프고 기쁜 일만 있으랴

살고 죽는 일
죽고 사는 일

아,
삶의 거대한 저 파도가
저렇게도 일렁이는 걸

누구는 왜
저 물결을 고통이라 탄하고

누구는 왜
저 파도를 헬조선이라 탄하는가

결코 이지러질 수 없는

저 웅대한 인파를 두고

초가 단상(草家 斷想)

草家는
같잖은 비에도 흠뻑
제 슬픔을 참다못해
혼자 훌쩍이고

참새 몇 마리
처마에서 비 긋다 홀연
제 갈 데 있다고
훌쩍

가시려거든

草家에 찌든
가난이나 한 반 뼘쯤
물고나 가시지

동행

전철 안

조막만한 강아지가

사람대우를 받고 있다
사람 행세를 하고 있다

가만히 들여다봤다
가만히 눈을 마주친다

째려봤다
슬며시 눈길을 돌린다

거참,
이 알 듯 모를

무언의 대화

산사(山寺)

꼭
그래야만 되는 것처럼
꼭
그곳에 있어야만 되는 것처럼

길게 뻗어있는 흙길
구부정한 노송 점잖게 서 있는
길 아래 맑은 물마저
몸 낮춰 참선(參禪)하듯 흐르고

산사는 거기
그래야만 되는 것처럼
옛 향 듬뿍 머금어
한층 고적해 뵈게끔

거기

깊은 함묵에 빠진 예처럼
가부좌 틀고 앉아 묵언수행

속세 떠나
선(善)에서 선(禪)으로
스스로 깊어지며
눈 자그시 감고

아직
언제까지 모를
안거(安居)에 들어 있다

봄

틀어지는 소리인가 싶더니
땅 갈라지고
틈마다에서 바스스
고개 드는 것들

저 혼자나 일어나라지
이웃 것들
죄다 뚜드려 깨우나니

경칩에 놀라 일어난 개구리
눈 껌벅이며
꺼풀에 묻은 흙 털고

늦었다며 달려온 듯
버들가지 우르르 냇가에 모여
봄이야 봄

웅성이고 있는 봄

이 봄은 정녕
어제와 오늘을 믿어 의심치 않게 하고
온갖 땅마다에서
거룩한 생명을 파종하고 있나니

산과 들에
강과 바다에
부푼 여인네들 가슴에

흠뻑 배어 익는
봄 향
봄 내음

사랑은

그저
주는 것이라기에

그저
주기만 하면 되는 것이라기에

그저
주기만 했던

사랑은 그러나
그게 다가 아니었어

그저
가고 오는 것이 아니었어

영원한 것도 아니어서

그저
주다 지칠

날마다 혼자 하는
독백이었어

선택

차들은,
제 갈 곳을 향해
제 갈 길을 달리고

차도엔,
갈 길 바쁜 차들이
질주하고 있는데

앗!
고양이 한 마리
차도를 가로질러
질주하고 있다

왕복 6차선

살았을까

죽었을까

묻고 답할 수 없는
이,
선택

괜한 걱정

커피 한 잔에 천 원
주스 한 잔에도 천 원
그런데도 가게 안은 텅 비어있고
주인이지 싶은 몸집 작은 여자는
자그마한 홀 안을 총총거리며 오가는데

천 원 x 백 잔이면 십만 원
십만 원 x 삼십 일이면 삼백만 원
하루 백 잔이 팔릴지도 걱정이지만

팔린다고 해도 그렇지
차 떼고 포 떼고 나면 뭘 먹고 살까
괜한 걱정에
괜한 계산을 하며

텅 비어있는 가게

파리해 보이는 여자
그 여자가 끓여주는
커피 한 잔 마시고 싶다

서러울 만큼의 간절함으로 끓여주는
단돈 천 원짜리 커피 한 잔으로도
누군가의 시린 가슴
뜨겁게 데워주는
커피 한 잔 마시고
싶다

아침 서울역

전쟁터에서는
피도 눈물도 없고
포탄과 탄알만이 적을 향하여
무자비하게 난사되는 줄 알았더니

여기 이 전쟁터에서는
아우성도 소리를 내지 않고
장전된 탄알도 포탄도 없이
새아침을 빨갛게 달군다

총칼도 소용없이
살의도 적도 없이
오로지 출근한다는 것만으로도

전쟁을 방불케 하는
이 아침 서울역은
영락없는 전쟁터

이런 난리통이 없다

모두가 하나같은 깃발을 들고
모두가 하나같을 고지를 향해
물밀 듯 물밀 듯 진격해 가는
이 아침 서울역에선

대장도 없고 명령도 없고
전선도 없고 비명도 없고
돌격대도 없고 육박전도 없고
의무병도 없고 패잔병도 없는
아주 신비로운 전쟁이 조석으로 펼쳐진다

원래가 서울역은
조용히 사람을 맞고
조용히
사람을 보내던 곳이었다

통금 무렵

아니, 쓰발
벌써 나가라구요?

신은 우리에게
이런 명쾌한 형벌을 주셨다

술잔은 이제 그만 두드릴 것
계산서 발행도 이젠 그만
개 같은 하루의 불평도 끝

주둥이 닥치고 곧바로 귀가할 것
오갈 땐 필히 마스크 착용
손 씻기도 필수

아홉 시 무렵
먹자골목엔

쫓겨나온 사람들의 멀쩡한 불만이 가득하고

툭툭 꺼져가는 어둠 속에선
또 한 번의 피 튀기는 비명소리

이런 제기랄
오늘도 완전 X 됐네!

착한 김 씨

비가 온댔다고
가을비가 엄청 많이 온댔다고
밭고랑 여기저기를 설설 기는 김 씨

이리 뛰고 저리 뛰고
엎드러지고 자빠지고
새카만 얼굴에 땀방울이 주렁주렁

그런데도 끊지 않으면 죽는다는 담배는
여전히 질겅이고
취기 어려 벌거죽죽한 얼굴엔
무사태평이 줄줄 흘러
아무개네 집 머슴같기만 한데

빠진 앞니 두 개를 히 보이며 웃을 때나
애 어른 없이 보는 사람마다

꾸벅꾸벅 절을 하며 히죽일 때는
김 씨에게선 티도 속도 없이
착한 뗏국물만 줄줄

김 씨는 결코 시대를 탓하지 않고
세상을 삐딱하게 보지 않으며
누군가에게서 티끌만한 미운 털 하나도
읽어내려 하지 않는다

김 씨에게서 세상은
법이라는 시커먼 끈에 묶여 돌아가는
허울 좋은 풍차가 아니다

그대 날더러

바람 좀 불어
머리카락이라도 날릴 때면
아아, 나는 눈 지그시 감고
그대에게로 간다

파르르 떨던 그대 붉은 입술
금세라도 터질 것 같던
그대 연분홍 귓불
아아, 나는 벌써 황홀해진다

눈발 좀 날려
사람들 옷깃이라도 여밀 때면
나는 우산 접어 들고
그대 곁으로 간다

눈 하얗게 쌓인 벌판

아무도 없는 벌판에서

나는
그대 달콤한 입술
그대 뜨겁던 숨결
그대 날더러

이제 그만, 이제 우리 그만 하던 말
생각한다

엽서 한 장으로나 주고받은 사랑이 아니었다면
헤어짐이 어찌
일상의 여사스런 일이 될 수 있으며
미움과 그리움이 어찌
함께 일 수 있겠냐 만은

그대는 날더러 자꾸
이제 그만
이제 우리 그만 헤어지자며
어느 날 훌쩍
내 곁을 떠났다

아픔과 미련에 시달리며
나는 여전히
여전히 그대 곁으로
가고 있는데

시간을 끌고 세월 따라

저~기
한 사람이 가고 있다
시간을 끌고
시간에 끌려

저~기
한 사내가 가고 있다
세월을 말하며 유수와 같이

허무를 말하며 세월 따라

저~기
한 사내가 가고 있다
어제와 같이 오늘도
그저께와 같이 오늘도

가다가 멈출 날
언제일지 모르면서

떠도는 사람들의 노래

남은 음식을 비닐봉투에 쏟아버리며
식당 주인이 눈물을 흘렸다

건너편 채소전집 할머니도
식어빠진 부침개를 소쿠리에 주워 담으며
눈시울 붉혔다

일찌감치 문을 닫던 빵 가게 아줌마도
안쓰러운 눈빛을 그들에게 던지며
제 서러움에 남 서러움을 보태
낡아빠진 셔터를 와르륵 끌어내렸다

징그럽도록 어둡고 썰렁한 시장 안
날릴 파리조차 없다며 투덜대던 사람들은
비어있는 좌판에 둘러앉아

작년 이맘때만 해도 이렇게까지 사람들이 없고
이렇게까지 캄캄하지는 않았는데
어처구니없는 병란 앞에
도대체가 맥은 추지 못하며
쌈박질 하는 사람들을 욕했고

간과 천엽에 왕소금을 꾹꾹 찍어먹으며
유리잔 가득 채워져 있던 소주를
벌컥벌컥 들이켰다

고개를 제껴 술잔을 비울 때마다 보이는
새카만 천정
단박에 비운 잔을 바닥에
쾅쾅 내려놓을 때마다 부서지는 꿈

사람들은 그러나 이제 지난날을 말하지 않고
오늘을 말하지 않으며
다가올 날들을 말하지 않고
번지르르한 말에 귀 기울이지 않는다

다만,
앞날을 걱정하고 자식들을 걱정하며
더이상 탓하지 않으리라는 거짓말을 신께 고하며
이제까지도 응답하지 않는 간절한 기도를
매일 새벽 올린다

하늘이 무너져도
우리는 솟아날 수 있다며

역설

사랑은
순,
거짓말

하면 할수록
더.

절대
속지 말아야
할

삼월에 내리는 눈

폭염만 쏟아붓다 간 여름
봄가을은 점만 찍고 갔다

겨울은 차라리 폭력이었다
여름에 질 수 없을세라
내내 난동만 부리다 갔다

폭염과 싸우던 분수대
비명조차 얼어붙었던 공원

아무리 그렇던들
점마저 찍을 자리 없으랴

채 덜 따쉬진 햇볕
얼어붙었던 공원에
소복이 쌓여있는데

오랜만에 마스크 벗고
봄 마중 나가봤더니

어쩌다 계절이 이렇게 되었는지
올해도 벌써 춘삼월인데
기온은 여전히 영하를 밑돌고

어제저녁엔 난데없이
함박눈이 펑펑

노동당사

뼈대만 앙상하다.
암울한 잿빛 몰골

유령들의 무덤 같은 당사엔
그날의 비명들이
찢겨진 영혼들이

잔해 속에서
허공 속에서
아직,
통곡을 하고 있는데

당사도,

역사도,

사람들도,

여태,

침묵 중.

유달산

산줄기 따라 쭈욱 내려오다가
거기 멈추길 잘했지

남도땅 끄트머리
착한 사람들이 모여 일군
목포 땅 품기를 잘했지

이름이야 유달인들 어떻고 영달인들 어떠랴만
일등바위 하나
이등바위 하나
게다가
노적이라는 봉우리 하나 더 얻어

든든한 자식 둘로는 장군처럼 세워
목포 땅을 지키게 하고
노적봉우리 하나로는 꾀를 내어

왜적까지 물리쳤다니
이 어찌 허풍 좀 섞어 자랑한들
볼썽사나운 죄가 될 수 있으랴

반도 따라 쭈욱 내려오다가
거기 멈추길 잘했지
남도땅 끄트머리
유달산으로 우뚝 솟기를 잘했지

목포를 품어 바다와 어우러지고
섬들을 모아 함께하자며 어깨동무를 하고
이제와 같이 앞으로도
영원히 함께하기로 만천하에 고하길 잘했지

목포엔 이제 눈물이 없다

어머니의 외식

복국 맛이 천하제일이라는 복국 전문집 정일품
철철 끓는 투가리를 든 아줌마의 손길이
거룩하기만 한데

코로나19에 빼앗긴 자리
거리두기에 양보한 식탁 하나 건너 창가
여자 둘이 와 앉는다

여자 둘이래야 얼핏 보아도 틀림없을 모녀
육십 중반쯤 돼 보이는 딸과
깊은 주름에 검버섯이 덕지덕지
나이 요량할 필요조차 없을 어머니
이 뜨거운 여름날
뜨끈한 밀복국이 드시고 싶었나보다

그러나, 펄펄 끓는 밀복국 드시기가 어디 그리 쉬운 일인가

땀은 줄줄 흐르고
손은 벌벌 떨리고
평생 해오던 숟가락질이 왜 이렇게 힘들단 말인가
겨우겨우 몇 숟갈 뜨시던 어머니

숟가락 털썩 내려놓고
한숨도 함께 풀썩 내려놓으며
'어서 가야지 어서, 먹는 것도 이렇게 힘드니 말야'
하시며 입맛도 함께 내려놓는다

순간 모녀 사이에 흐르는 낯선 정적
어쩔 줄 모를 간절함이 방법을 탐닉하는 동안
밀복국은 안타까이 식어가고
한 묶음의 허탈이 지나가는가 싶더니
오오, 포기라는 몰염치한 매정이
모녀를 자리에서 일으켜 세운다

어머니는 다리를 절고
가녀린 딸의 몸매로는
어머니를 부축하기가 버겁기만 한데

자동으로 열리는 문을 나서기가 무섭게
쏟아지는 뙤약볕이 불러온 약속처럼
승합차 한 대가 모녀 앞에 와 선다

이름도 흔해빠진 효사랑 요양병원.

어느 날 가을 저녁

참 느리게 가던 해 지고
어슬렁거리며 다가오는
어둠보다 더 어두운 거리

가게마다 한숨이 가득하고
굵은 가을비는 투둑 툭툭
사람들 가슴을 친다

우르릉 쿵 우르릉 쿵쿵
멀리서 들려오는
천둥마저 서러운

어느 날
가을
저녁

망향(忘鄕)

고향마을 향우회 총무에게서
카톡 소리를 내며
부고장이 한 장 날아왔다

누구누구 모친상

그러나,
사진 속 고인의 얼굴을 아무리 뜯어보고
그 아래 적혀있는
자손들 이름을 아무리 들여다보아도
도대체가 누가 누군지 알 수가 없다

잊혀지는 것 많은 세상
한때는 글쎄
구름 사이로 보이는 달만 보아도

어두컴컴한 밤
개 짖는 소리만 들어도
고향산천이 아스라이
고향사람들이 다정히
콧마루가 시큰
눈물이 핑 돌았었는데

잊혀지는 줄 몰랐던 고향은
그렇게 잊혀지고 있었다

우리에겐 모두가
고향이라는 곳이
있는데

막냇동생

난생처음
하늘이 무너지는 소식을 전해주었던
막내는 생전
형 말을 거역한 적 없고
부모 말씀엔 그저 순종
다가오는 죽음에게도 순응을 해서

아픔 견딜 처방도 마다하고
거기 가면 살 수 있다는
거산 도사의 유혹도 뿌리친 채

끝내는 제 명에게도 순응을 해서
하늘도 땅도
붉게 타던 병풍산의 시월 저녁
제 생의 마지막을 마흔여덟에 점 찍고

생전에 딱 한 번

가면 안 돼, 가면 안 돼

통곡하며 붙잡는 노부모의 애원을 거역한 채

주소지도 없는 머나먼 하늘나라로

아무 소용도 없는 혼백과

고아 둘을 남기고 거처를 옮겼다

일곱 식구 중 막내

막냇동생 이름은

정.해.출

등교

아침 학교 앞
황단보도 신호등 불빛이 파란색으로 변하고
보도 양편에 서 있던 안전지킴이 깃발이
수평으로 올라가 차를 세우자
고만고만한 어린이들이 우르르 길을 건너는데

햐아, 고 가방 속엔 대체 뭐가 들어 있길래
조 어린것들의 어깨를
저렇게 짓누르고 있단 말인가

평생
즈 할아버지가 지고 사시다 놓고 가신 짐일까
아니면
매일같이 즈 아버지가 지고 사는 짐
나누어 진 것일까

사는 게 뭐 길래

배우는 게 대체 뭐길래
어릴 적부터 저렇게
저 무거운 짐을 지고 사는 걸까

개똥같은 철학을 생각하며
아침만 되면 엄마와 떨어지기 싫고
저녁만 되면 오지 않는 엄마를 기다리다
사뭇 운다는 손녀를 생각하며

괜한 시간이나 툭툭 차며
여생의 건강을 지키겠다고
공원으로 가는 발길에
무엄한 통박이라도 주고 싶던
어느 날 아침 학교 앞

하늘은 푸르고
높이 솟아 있었다

이런 날이면 가끔, 한 사람이 생각난다

예보는 없었다
그날이 그랬던 것처럼
오늘도 그랬다

바람기 거의 없는 어스름
예고도 없이 오는 눈치고는 제법 많아
바닥엔 금세 싸락눈 수북
사람도 차도 설설 기어 가고 오는데

눈 때문이라면 밤새인들
괜한 핑계가 아니라면
결코 헛되지 않을 밤을
왜 또 못 새우랴만
무던하던 기다림도 한밤중을 지나 자정 무렵
행여도 지쳐 핸드폰을 껐다 켜기를 밤새

이후 나는 혼자

기다림이라는 것과
그리움이라는 것과

미움이라는 것과
미련이라는 것과
실연이라는 것에 대하여

인생의 숙제인 양
곰곰이 생각해 보았지만

묘약이라곤 없는
사랑의 아름다움에서 비롯된 이유에선지
오늘과 같이 예보에 없는 싸락눈
푹푹 쏟아질 때면

어스름과 함께 고개를 슬며시 드는
이제도 그리움이라 할 수 있는 실연의 아픔이
까맣게 탄 물음표 하나를 물고 와
하얀 눈 위에 톡
떨어트려 놓고 간다

참 오래 전,
아무 말 없이 간 사람

이런 날이면 가끔,
그 사람이 생각난다

민박

별이 쏟아지고 있었다
파도는 밤새 두런두런

많은 시간들이 이마를 맞댄 채
수런거리고 있었다

그대 역시
잠 못 이룰 수밖에
없었으리

유기견

한 달포쯤 됐을 것이다
그날따라 웬 비는
그렇게 쏟아지던지

달달달달
겁먹은 눈망울 데굴데굴 굴리며
녀석은 비를
철철 맞고 있었다

이후 줄곧
그 자리를 지키던 녀석

앞 다리 곧추세워
목 저리도록 바라보던 자세 꺾이고
몰골사나운 반 주검이 되어서도
참치에 쇠고기를 거들떠보지 않던 녀석

달포 지나고 며칠
그날도 비는 주룩주룩 쏟아졌다
가을을 재촉하는
차디찬
비

녀석은 쓰러졌다

사람에게서 버림받은
애완,
견

명복을 빌었다

범죄와 단죄 사이

뭘 하려던 참이었을까

백주대낮
사방이 확 트인 홀로아파트 하천 변

한껏 풀어 제친 게타리
화들짝 놀라 돌아서며
어기적어기적 도망가고 있었다

히죽거리며
힐끔거리며
게타리를 추키며

남루하고 꾀죄죄한 사내
뭘 하려던 참이었을까

단죄할 수 없는

이 실성한 이의

범죄

3부 아내와 수저

우리집

처마 한 편이 풀썩 주저앉아 있었다
기왓장이 와르르
늙어빠진 등성이 살이
볼꼴 사납게 드러나 있었다

잿간도
헛간도

외양간도
똥수간도

어쩌면 그렇게
어쩌면 그렇게도 깡그리
주저앉아 있단 말인가

하기야 지난 세월이 얼마던가
누구의 숨결도 없이 스쳐간 시간이
얼마던가

아무것도 없다
멀쩡한 것 하나도
없다

그러나 다
있다

기억 너머 거기
희미한 것 뒤 아련한 곳에

모두가 다
있다

빨갛게 녹슨 대문 고리에
꾸부러진 몽당숟가락 하나가
자물쇠처럼 꽂혀
무너져가는 우리집 역사를
홀로 쓰고 읽으며
지키고 있듯이

너무나 긴 이 밀월

사 년을 바쳤다
더해서 이 년까지

나이 거꾸로 먹듯
식지 않는 열정 태워 또 여러 해
천형처럼 머리에 이고 받들었다

그런데도 녀석은
얼굴을 보여주지 않았다

잘난 녀석만 바라는 것도 아니고
별난 녀석을 바라는 것도 아니며
머저리 같은 자식도 자식이듯
한 가닥의 들풀로라도 피어나길 바랐다

그런데도 녀석은 아직

코빼기를 내밀지 않는다

며칠 전에는
쓰디쓴 깡 소주와 함께
시커먼 밤을 몽땅 마셔버렸다

그 전후에는
달빛과 별빛
바람과 구름을 타고
세상 찌꺼기와 먼지 쪼가리를 섞어 마시며
날밤이 하얗게 새는 줄도 모른 채
홀라당 태워버린 적도 있었다

삐딱한 세상을 삐딱하게 보고
흔들리는 갈대로도 찌든 가난을 쓸어내고
시뻘건 노을 속 붉은 태양을 돌처럼 바라보며

한번 만나자고
한번 손잡아보자고
저린 가슴으로 시린 가슴을 적시며
낯짝 한번 보자고 애걸했어도

녀석은 홀로 빛나는 별이 되어
깜빡이고만 있었다

시간은 가면서 수많은 세월을 또 쌓고
밀월로 가는 열차는 끝도 없이 달려만 가는데
기다리고 기다리는 녀석은 아직 오질 않았다

너무나 긴 이 밀월
나는 이 열차에서
어떻게 내려야 할까

가을 스케치

이 화려한 외출을 위하여
이 화려한 축제를 위하여
이 화려한 결별을 위하여

거룩하게 산화하는 가을

가을은 그렇게 가고

오면서
떠날 준비를
한다

별꼴

틈만 나면 술 끊으라며
바가지 박박 긁던 아내가

모처럼 일찍 귀가한 나를 보기가 무섭게
호들갑을 떨며 장엘 가잖다

별꼴이라곤 구경해 본 적이 없고
에누리 역시 어림 반푼어치도 없던 아내

술 신(神)께서 내려 주신 선물일까
경악스럽게도
술 두 박스를 산다

천지가 개벽할 일이거니와
놀라 뒤로 자빠질 일이건만
멀쩡히 놀라고 있는 나에게 아내는

"술값이 오른댜 글쎄
낼부터 당장 말여~"
하며 투덜댄다

술값이 좀 오른댔다고
평생 모르고 살던 별꼴을 다 보여주시다니

아내의 주름마저도 오늘은 곱기만 하여
오는 차 안에서 손을 슬쩍 잡았더니
징그런 송충이 털어내듯
홱 뿌리치는 아내

별꼴이 혼자
뭐라고 쭝얼거렸다

어느 날 지하도

광장만큼이나 넓기도 하지
광화문 지하도는

계단도 꽤나 널찍하고
그날따라 바람도 무척 매서웠지

드넓은 광장을 지나
차도를 달려온 바람은
지하도 돌계단을
단박에 차고 오르내렸지

시간은 마침 퇴근 시간
언제나 터질 것 같은 지하도는
그날도 역시 빽빽
모두가 웅크린 채
총총히 계단을 오르내리는데

누가 거기에 던져버렸던가
누가 거기에 거꾸러트렸단 말인가
꽁꽁 언 돌바닥에
돌덩이 하나 버려져 있었다

두 손만 내민 목숨 하나
소리 없이 통곡을 하고
산목숨이 내민 언 손
잡아주는 이 없었다

문고 앞 너른 바닥에선
구세군 종소리가 딸랑딸랑
빨갛게 익은
사랑을 구하고 있었다

분(粉) 내

바람 아직 차
사람들 뜸한 공원

이게 웬 내지 싶게
얼핏 스쳐가는 향기

주변은 아무튼 비어
스잔하기만 한데

아, 그렇지
방금 지나 저쯤 가고 계신
할머니

꽃 향 그득한 봄날이
머잖아 오시려는 게지?

저 아름다운 손길

박스 더미가 낑낑
고물 자전거가 낑낑

새카맣게 탄 어르신이 낑낑
언덕배기가 낑낑

차들마저도 낑낑대는데

아아,
저 아름다운 손길

고사리 같은 손 하나가
낑낑대는 우주 하나를
낑낑대며 밀고 있었다

어머니의 시

"엠병할 놈의 시는 무슨 시여~ 굶어 뒈지게 생겼는디
지랄 그만 허구 가서, 고주백이나 한 바지게 패와~"

어머니의 걸쭉한 욕지거리는
한 편의 시였다
주린 배를 움켜쥐고 부르는
서러운 노래였다

낫 놓고 기역자도 모르시던 어머니
자식만큼은 그래도
눈 번쩍 뜨게 해주셨던 어머니

저승에 가셔서도 어머니는
그 멋들어진 시를
읊고 계실까

제대로 된 시 한 편 못 쓴 채
아직까지도 엠병을 앓고 있는 나

어머니가 보고 싶어
죽겠다

옐로카드

기상관측의 역사를 얼어터지게 만들었던 지난겨울
하늘은 동파되어 폭설이 미친 듯 쏟아졌고
통금령이 내려져 결박당한 세상의 주인은
사람이 아니었다

어안이 벙벙해진 과학은 입 다물 줄을 몰랐고
학자들은 자연의 조홧속을 염탐하기 위해
갸웃거리고 골몰하느라 눈썹이 다 하얘졌다

그러나 정답은 찾질 못하고 다만
세기를 돌려 원래대로의 회귀라는 외람을 내놓았으나
정답이지만 사람들은 동그라미를 치려하지 않았고
회귀를 말하며 뉘우치는 자들에겐
강렬한 눈총을 마구 쏘아댔다

지난겨울의 샛노란 경고장을 까맣게 잊어버린 채

잽싸게 예전으로 돌아가
멀쩡한 산야를 학대했다

곧 다가올 여름의 횡포는
무슨 기록을 어떻게 갈아치울지 모른다
어떤 경고장을 날릴지도 모른다

그러나 분명한 건
또 한 번의 경고장은 퇴장이라는 것

우리들의 게임은 아직 태산 같고
유망한 선수들 역시 즐비한데

장맛비는 어느새 두 달째
마구마구 물을 쏟아 부으며
기록 하나를 또 갈아치웠다

동강나다

동강난 땅에
동강이 또 났다

주의(主義)가 민주(民主)라서
그렇다지만
주인(主人)이 국민(國民)이라서
괜찮다지만

아,
이 나라
이
민족이여

동강나는 소리
갈라치는 이들

등골이
써늘하외이다

옛날 사진을 보며

"그려~ 우리도 저런 때가 있었어
안 그려 여보?"

한숨 둘이
옛날을 어루만지고 있었다

동창생들을 만났다

초등학교 동창생들을 만났다
칠십 넘은 할배 할매들이
쉰아홉 아지매들처럼
우리는 영원한 예순아홉 이라며 마구 떠들어댔다

무릎이 아파 절뚝이고
허리가 아파 어기적거리고
괜히 어지러워 고개를 돌릴 수가 없고
발가락 부러진 지 넉 달이 됐는데도 아직 찔뚝이고
계단 여남은 개를 오르더니
숨이 차 죽겠다며 털썩 주저앉으면서도
입은 아직 멀쩡해 시끌벅적한

초등학교 동창생들을 만났다

쐬주 댓 병을 두꺼비 파리 잡아먹듯 들이키던 당주

돼지고기 서너 근은 일도 아니라며 너끈히 집어삼키던 삼돌이
쌀 한 가마를 식은 죽 먹듯 번쩍번쩍 들어 올리던
천하장사 호봉이도

이제는 기가 꺾여
고기 쬐끔에다 밥 네댓 숟갈만 끼적거리며
아픈 얘기와 건강 얘기만 하다 헤어졌다

막 찍어댄 사진을 단톡방에 막 올리고
건강이 최고지 돈도 자식도 영감탱이도 소용없다며
사는 것보다 사는 날을 더 걱정하며 돌아가던 동창생들

딱 한 반, 남녀공학 77명
동창생들의 어릴 적 모습이
거짓말처럼 아스라이
스쳐갔다

복권

샀다
가난한 주머니를 탈탈 털어
만 원 어치

용꿈을 꾼 것도 아니다
돼지꿈을 꾼 것도 아니다
그렇다고
돌아가신 아버지 어머니를 꿈속에서 만나
점지 받은 것도 아닌데

샀다
명당 집을 찾아
남몰래 요행을 샀다

그러나 낙첨

평생을 살면서
그 흔해빠진
경품추첨 한번 당첨된 적 없는 내가
팔자에 없는 복권을 샀으나

보기 좋게 낙방

쓰디 쓴 내 인생한테
또 한 번
따귀를 맞았다

암자

터는 첩첩산중 양지
둥지나 겨우 앉을
수직바위 꼭대기

잠시 기웃거리다 가는 바람
가끔 머물다 가는 눈발
새들마저 뜸하게
들여다보고 가는 자리엔

풍설에 씻긴 암자 하나
가부좌 틀고 앉아
뭇 봉우리들의 알현을 받고 있는데

침묵으로도 합장이라
찾는 이들 무고히 따르게 하고
고적도 묵언의 말씀이라

어지러운 세상 견디는 이유도 일러주며

알아 뭣할 것과
몰라 어떤 것들의 유별이
무엇인지도 말해주는

암자엔 노을도 손 모아 젖어들며
무한의 시공을
넘나들고 있다

참 이상도 하지

참 이상도 하지

저렇게 활짝 핀 꽃을 보고도
저렇게 화사한 웃음을 보고도

좀체
울렁이지 않고

훨훨 타는 저 가을을 보고도
황홀히 지는 저 노을을 보고도

도무지
슬프지 않으니

봄

어디로 가시려는지
달아나는 마음 붙들어 놓고
왜, 어디로 가시려고? 묻고 난 뒤
가는 대로의 눈길
따라가 보니

아, 거기 무지개골
양지바른 묵전 자리에
깔깔대며 봄을 캐는
아낙네들
몇

풍경화 한 폭이
거기
있었다

계절의 분노

선전포고도 없이
간밤을 침공한 동장군은
요절한 계절의 횡포가 아니다

바람의 칼까지 마구 휘둘러
가난한 열쇠로
딱한 새벽 문을 매일 열어야 하는
궁핍한 자들의 가슴에 상처를 주고

예보대로 입에 담아두었던
기상캐스터의 아름다운 목소리를
떨리게 한다

느닷없는 계절의 반란
예전의 것은 착하고 순하였으나
왜인지 물을 수 없는 요즘의 계절은

포악한 횡포를 자주 부리고 있어
옛것 불러 슬며시 물어보았더니

이유 불문!
단호했지
사람 탓이라고 말하진 않았다

계절도 이젠
마음대로 만질 수 없는
세기의 계절은
분노하고 있다

아내와 수저

딸 아들 시집 장가 다 보내고
수저 둘은 줄곧
그렇게 마주보고 있었다

언제나 고마운 아내가
성스러운 밥상을 준비하고
귀가하지 않은 남편을
다소곳이 기다리듯

그러나 둘은 외롭다
늘 함께하는 쓸쓸함의 뒤를 따라
시커먼 적막이 엄습해 오면

아내는 외로움을 들고 밖으로 나가
약간의 쓸쓸함을 거기 내려놓고
우두커니 서서 남편을 기다린다

기다림과 외로움도 이제는 늙어
일상이 되어버린 것들
아내는 그것을 여생의 한 몫이라 여기며
날마다 함께 가고 있지만

어느 날에는 그 여사로움도 유난하여
하루의 반 토막을 첨벙
맹탕의 낮잠 속에 빠트려 허비하고
어느 날에는 그 하루를 몽땅 빈방에 풀어놓고
혼곤한 잠 속에서 허우적이며 보내다가

하루의 끝자락 저녁 식사 때가 되면
나이 든 부부의 소박한 끼니를 위해
수저 둘은 다시 마주보고 앉는다

시집온 이후 첫 밥상부터 지금까지

늘 함께하던 수저 둘
애 둘을 키우며 눈물겹던 밥상머리에서도
늘 함께하던 수저 둘

그런 수저도 이제는 늙어
은빛 대신 누런 구릿빛
아내는 수저를 닦을 때마다 뭐라고 투덜대지만
가는 세월 어쩌랴
수저도 나이를 먹어 늙어빠진 걸

하여 정중히 묻노니
안녕과 건강보다도 더 뭉클한
어떻게 죽을 건지에 대하여

그러나, 살아가는 힘
정해인의 시세계

박태건 (시인, 원광대 교수)

1. 예전의 것은 착하고 순하였으나

정해인 시인의 첫 시집 『그대 날더러』는 생을 반추하는 시선으로 감각하는 실존의 고백이다. 시인이 경험한 삶의 비의가 가난하고 외로운 것들에 대한 연민의 시선으로 생생하게 그려져 있다. 시집 전반의 시편들은 하나같이 진솔했다. 이 시집을 읽어가다 보면 '노을의 시간'을 만나게 되는데, 이 황혼의 시간대에 펼쳐지는 풍경들이 실존의 언어를 만나 시인이 꿈꾸는 근원의 풍경으로 안내한다.

우리에게 비교적 잘 알려진 라틴어인 '카르페 디엠(Carpe diem)', '메멘토 모리(Memento mori)', '아모르파티(Amor fati)'는 실존적 인식을 통한 자아의 해방을 이야기하고 있다. 이 단어들의 공통점은 죽음에 대한 인식을 통해서 현실의 의미를 가늠한다는 점이다.

예컨대 '카르페 디엠'은 '현재를 즐겨라'로 알려졌으나, 정확한 의미는 '이 순간에 충실하라'이다. 미국 소설가 솔 벨로(1915~2005)는 동명의 소설에서 '과거는 아무 소용없어 오직 현재만이 실재하는 거야. 바로 지금, 오늘을 잡아야 해'라고 말한다. 그러므로 '카르페 디엠'은 수천 년 전 로마인들이 과거의 고통에 연연하면서 현재를 낭비하는 이들에게 보내는 격언이다. 후회만 가득한 과거에 머물러 있다 보면 현재의 삶은 회한으로 가득할 것이기 때문이다.

'죽음을 기억하라'는 의미의 '메멘토 모리' 역시 로마에서 불려졌다. 로마인들은 개선장군이 행진할 때 가장 비천한 사람을 옆에 태우고 이 말을 외치게 했다. '메멘토 모리'의 의미를 풀어보면 현재의 어떠한 영광도 곧 사라지고 말 것이니 자중하라는 뜻이다.

'아모르파티'는 니체(1844~1900)가 언급한 라틴어로 직역하면 '운명을 사랑하라'는 뜻이다. 누구에게나 일생에서 고통과 기쁨은 번갈아 찾아온다. 부자도 가난한 자도, 명예로운 자도 비천한 자도 결국 죽음이라는 운명을 마주하게 된다. 모든 이의 미래에 기다리고 있는 죽음은 곧 운명의 신이 예비한 마지막 카드다. 대부분 건강과 재산과 또 정리하지 못한 여러 문제로 인해 흘러가는 시간에 속수무

책인 경우가 많다. 과거는 후회스럽고 미래가 불안하다면 현재의 삶을 제대로 영위하기 힘들 것이다. 위의 세 격언은 사람은 과거를 기억하되 연연하지 말며, 다가올 죽음을 받아들인다면 현재의 삶을 더 풍요롭게 살 수 있다는 교훈을 준다.

정해인 시인의 첫 시집은 과거의 기억에 연연하지 않으며, 다가올 미래의 죽음을 예감하고 있으나 두려움 때문에 고통스러워하지 않는다. 그는 과거를 적극적으로 호명한다. 기억 속에서 아무리 어렵고 힘들었던 삶도 결국 흘러갈 시간의 일부였다는 것을 깨닫는다. 시집 전반에 현재를 긍정하는 시선이 자리하고 있는 점도 한 특징이다. 시인이 70여 년 온몸으로 발견한 삶의 비의를 시편을 통해 살펴보자.

2. 그립고 고독한 노을의 세계

후기 자본주의 시대를 사는 인간은 '가족'을 지켜내기 위한 전쟁 같은 삶을 산다. 가족 구성원에 대한 사랑과 헌신은 근대 국민국가를 거치며 근면과 양육의 동의어로 학습되었다. 그러므로 '오로지 출근한다는 것만으로도 전쟁을 방불케 하는' 아침을 수십 년 겪어 본 사람은 알게 된다. 이 시대는 적의가 없어도 생존을 위한 협상과 투쟁의 전투를 매일 벌여야 한다는 것을. 정해인 시인은 격변의 한국 사회를 겪으며 '행복한 가정 만들기'라는 사회적 자아의 이상과 근대자본주의의 '갈등의 원형'이 빚어내는 냉혹한 현실 속에서 절망하고 몸부림친다. 현재 한국 사회의 이슈인 '기후', '노인', '경제'의 문제가 여러 시편에서 보인다. 삶의 전투를 치르면서 부부는 전우애가 싹튼다.

딸 아들 시집 장가 다 보내고
수저 둘은 줄곧
그렇게 마주보고 있었다

언제나 고마운 아내가
성스러운 밥상을 준비하고
아직 귀가하지 않은 남편을
다소곳이 기다리듯

그러나 둘은 외롭다

쓸쓸함이 늘 함께하는 뒤를 따라
시커먼 적막이 엄습해 오면

아내는 외로움을 들고 밖으로 나가
약간의 쓸쓸함을 거기 내려놓고
우두커니 서서 남편을 기다린다

기다림과 외로움도 이제는 늙어
일상이 되어버린 것들
아내는 그것을 여생의 한 몫이라 여기며
날마다 함께 가고 있지만

어느 날에는 그 여사로움도 유난하여
하루의 반 토막을 첨벙
맹탕의 낮잠 속에 빠트려 허비하고
어느 날에는 그 하루를 몽땅 빈방에 풀어놓고
혼곤한 잠 속에서 허우적이며 보내다가

하루의 끝자락 저녁 식사 때가 되면
나이 든 부부의 소박한 끼니를 위해
수저 둘은 다시 마주보고 앉는다

시집온 이후 첫 밥상부터 지금까지
늘 함께 하던 수저 둘
애 둘을 키우며 눈물겹던 밥상머리에서도
늘 함께 하던 수저 둘

그런 수저도 이제는 늙어
은빛 대신 누런 구릿빛
아내는 수저를 닦을 때마다 뭐라고 투덜대지만
가는 세월 어쩌랴
수저도 나이를 먹어 늙어빠진 걸

하여 정중히 묻노니
안녕과 건강보다도 더 뭉클한
어떻게 죽을 건지에 대하여

「아내와 수저」 전문

3부의 소제목이자 이번 시집의 마지막에 수록된 이 시편은 삶의 동반자이자 생존의 이유가 된 '아내'와 '수저'를 통해 시인의 실존을 보여준다. 아내는 '딸 아들 시집 장가 다 보내'기 까지 삶의 역경을 함께 건너온 동지이다. 여기서 '낡은 수저'는 전쟁 같은 삶을 함께 견뎌온 객관적 상관물이다. 소박한 식탁에서 '마주 보고 앉아' 있기까지 얼마나 많은 삶의 편린을 함께 견뎌왔던 것인가. 식탁에 놓인 수저는 '눈물겹던 밥상머리'에서 현재의 안온한 삶을 잇게 한 중요한 동인이자 증거이다. 시인은 나란히 놓인 수저를 보며 젊었던 모습이 변한 것처럼 '수저도 나이를 먹어 늙어빠진 걸' 발견한다. 제품의 변색은 상품가치가 떨어진 상태를 의미한다.

　이 시를 비롯하여 몇 편의 시에 등장하는 '늙어빠진'이라는 표현은 교환경제의 사회에서 생산과 소비의 도구로써의 역할을 다하고 주변부로 밀려나는 시적 자아의 심리를 표현한다. 시인은 '늙은' 자신과 수저의 처지를 같이 본다. '늙음'이라는 시어는 나아가 사회적 시각을 보여주고 있는 중요한 시적 장치로 활용한다. 후기 자본주의 사회에서 늙음은 더 이상 존경의 대상이 아닌 쓸모없음으로 나가는 과정이다. 생산과 소비의 주역에서 떨어져 있기 때문이다. 그런데 이 시에서는 늙음은 상대적 기준이기에 '젊음'과는 긴장관계를 성립하게 된다. '아내는 수저를 닦을 때마다 뭐라고 투덜대'는 것은 늙음에 대한 불편함을 비유해서 항변하는 입장을 취한다.

　한편 시인은 '늙음'이 받아들여야 할 운명임을 알고 있다. 오히려 '은빛 대신 누런 구릿빛'으로 빛나는 수저의 변색에 대해 긍정적인 시선을 보인다. "하여 정중히 묻노니 안녕과 건강보다도 더 뭉클한 어떻게 죽을 건지에 대하여"(「아내와 수저」)라는 구절은 자신이 마주한 '소박한 식탁'이 자식들을 먹이고 키우는 성소였음을 깨닫는 과정의 발견이다. 시인은 '기다림과 외로움도 이제는 늙어 일상이 되어버'리면 '여생의 한몫'이 된다는 놀라운 변화를 목도한 것이다.

　시인의 이러한 발견은 '여사로움도 유난하다'는 극기의 과정에서 비롯된다. '빈방에 풀어놓은 혼곤한 잠 속에서의 허우적거림'은 따라서 긍정으로 가기 위한 성실한 고민으로 이어진다. 이러한 지난한 고민의 결과 시인은 지난한 삶의 완성이 기다림과 외로움 끝에 받는 '성스러운 밥상'에서 비롯되었다는 깨달음을 얻는다. 식탁에서 나란히 놓여 자신처럼 나이 먹은 수저의 변색은 삶의 쓸쓸함을 견딘 훈장인 셈이다.

　이 시에서 주목할 점은 소박한 식탁을 꾸리기까지 지난한 삶을 견뎌 온 것이 숟가락과 젓가락의 말없는 동행 같은 것이라는 점이다. 수저는 시인의 곁을 묵묵히 함께한 아내의 존재를 부부라는 공동체로 엮어낸다. 부부로서 아내와 남편은 자식들이 어엿한 사회의 일원이자 한 가정을 일구기까지 온갖 노력을 보탠다. 세상의 엄혹함에 대항하여 가족을 지키는 것은 '소박한 식탁'을 유지하는 것이다. 드러나지 않으나 고단한 살림의 연속성을 위해 시적 화자가 겪은 외로움과 쓸쓸함을 부부는 나눈다. 그 오랜 기간을 함께 했기에 부부는 '안녕과 건강보다도 더 뭉클한' 존재가 된다.

이제 시인은 '어떻게 죽을 것'인가에 대해 묻는다. '애 둘을 키우며' 점점 늘어난 수저가 이제는 단란히 마주 보게 되었고, '지금 여기'의 순간을 지나면 언젠가 짝을 잃게 되는 순간을 예감한다. 그러나 시인은 앞으로 쓸쓸해질 식탁의 비애보다는 삶의 진실을 '정중히 묻는' 성스러운 장소로 인식한다. 식탁은 '귀가하지 않은 남편을 다소곳이 기다리'는 장소이자, 이후 다가올 죽음을 너머도 기다려 줄 장소이기 때문이다.

한편, 시집에서 등장하는 아내는 '진정 착한 여자로만 알던 아내'(「궁금증」)이자 잘 읽은 홍시처럼 물든 노을을 보면 '한 자가웃쯤 오려 아내 옷 한 벌 지어주고(「노을」)' 싶도록 미안한 대상이다. 외로운 시인의 마음을 붙잡아 주는 사람 아내다. 아내는 술을 좋아하는 남편에게 바가지 치며 '별꼴이라곤 구경해 본 적이 없고 에누리 역시 어림 반푼어치도 없던 아내'는 술값이 오른다는 소식에 남편이 좋아하는 술을 사러 나간다. 그런 아내가 미덥고 좋아서 시인은 '차 안에서 손을 슬쩍 잡았더니 징그런 송충이 털어내듯 홱 뿌리치'지만 아내는 내심 남편의 고마워하는 마음을 알고 있다. 부부로 산다는 것은 이런 것이다. 서로가 좋아하는 것을 그대로 봐주는 것. 시인은 다른 시 「궁금증」에서 '시골 이웃 동네에 사는 여자와 선 못 본 것'을 아내가 알면 '큰일 날까 걱정도 꽤 된다'고 하지만 이미 아내는 알고도 모르는 척할 것이다. '하얗게 눈만 한번 흘기고 말까'라는 표현은 아내를 미쁘게 생각하는 시인의 마음에서 비롯되었을 것이기 때문이다. 아내는 불안한 시적 자아의 중심을 잡아주는 기둥 같은 존재다.

이제 막 익은 홍시처럼
홱 따먹고 싶은

노을이 어쩜
저렇게 익고 있단 말인가

한 자가웃쯤 오려
아내 옷 한 벌 지어주고

한두 자는 잘라내어
시집갈 때 못 해준
딸 치마라도 하나 기워주고 싶은

황혼이 어쩜
저렇게 익고 있단 말인가

어쩔 수 없는 황홀처럼
훨훨 타고 있는 노을

내 진정 서러워지는 건
내 무단히
그리워지는 이 있어

곧 지고 말
저 노을을 두고

「노을」 전문

평생 가정을 위해 성실히 살아온 시인의 생애는 시 「노을」에서도 잘 나타난다. 시인은 자신의 인생이 곧 '지고 말 노을' 같다고 생각하면서도 '훨훨 타고 있는 노을'에서 황홀을 본다. 낭만주의 시학에서는 아름다운 자연은 시적 자아의 내면을 투사한다. 그것은 대자연에 비해 보잘것없는 자신에 대한 되돌아봄이다. 어쩌면 글을 쓴다는 것은 자신의 삶을 돌아보는 것이다. 죽음을 통해 생은 완성되기 때문에 인생의 황혼은 인간의 성장단계의 마지막이다.

노을의 시간이 깨달음 얻게 되는 시간이라는 점은 다른 시 「거기에서는」에서 나타난다. 이 시에서 시인은 '지는 태양이 붉게 타는 노을의 시간'이 '어떤 모순도 용서할 수 있을 것 같은 계절이 굳이 품위를 요구하지 않을 것처럼 너그러워질 무렵'이라고 한다. 노을의 시간은 인생으로 치면 노인의 시기와 같다. 젊었을 적엔 치열하게 삶을 살아 내느라 여유 없이 살았다면 노년의 시간은 과거를 돌아보고 좀 더 너그러울 수 있는 깨달음의 시기인 것이다.

황혼의 시기에 접어든 시적 자아는 파편화된 과거의 모습을 반성하면서 순간순간 변하는 노을의 색에 주목한다. 매 순간에 몰입하는 것은 외부의 억압에서 자아가 해방을 시작하는 것을 의미한다. 자아의 해방은 세상과의 진정한 교감에서 비롯되는 것. 니체는 인간의 성장을 '낙타의 단계', '사자의 단계', '어린아이의 단계'로 보았다. 낙타는 자신에게 맡겨진 삶의 짐을 지고 묵묵히 사막을 건너는 수동적인 자아이다. 이 단계는 사람에게 포기하지 못한 근본적인 생존의 욕구가 반영된다. 그러나 이런 삶으로는 '사람이 무엇으로 사는지'에 대한 신의 질문에 답변하기 어렵다. 인간이 인간으로 진정 다시 태어나기 위해서는 고독에 직면해야 한다. 이 시간의 흐름을 받아들여 자신의 변화를 긍정하고 내 생활 전반에 걸쳐 자신에 몰입함으로써 절대고독의 경지로 나아가는 것이다. 이러한 절대고독의 경지가 '죽음에 대한 인식'이다. 죽음에 대한 인식은 무력감과 분노를 불러오지만, 이를 직관하는 순간 변화를 수용하는 삶의 양식을 불러온다.

시인은 보이지 않는 것에서 보는 눈을 가졌다. 시선의 유무는 있어야 할 세계에 대한 전망에서 비롯된다. 정해인의 시편은 회고조로 수렴되거나 있었던 세계의 재현에 머물지 않는다. 시인은 있어야 할 세계를 그려내는 고전 미학의 숭고미를 지향한다. 이러한 시선은 '장엄한 노을'을 잘 익었다고 표현한 것에서 유추할 수 있다. '익다'의 사전적 의미는 '다 자라서 여물다'는 뜻으로 시간의 경과를 통해 비로소 성숙한 상태로 진입했음을 의미한다. 이제 시인은 생의 완숙에 접어들었다. 노을을 보고 잘 물든 옷감을 떼다가 '아내에게 옷 한 벌' 해주거나, '시집갈 때 못해준 딸 치마'를 해줄 생각을 하게 된 것도 절약하며 아등바등 살아온 생을 돌아보게 된 경지에 이르고 보니 못해준 것들을 돌아볼 여유가 생겼기 때문이다.

3. 원형적 풍경의 복원

정해인 시인은 현실의 모습에서 오랜 시간의 흔적을 찾아 근원의 풍경을 여행하고 돌아오는 회귀의 형식을 예술적으로 구현한다. 이러한 시간의 역순환의 형식은 그가 기획한 의도적인 것이 아닌 현재의 현실을 직시하려는 구경적 시학에서 비롯된다. 과거의 원형적 풍경과 대비되는 현실의 모습을 찾아내기에 그의 시편에서 반영된 현실의 모습은 낡고 어딘가 부서진 애잔한 것이다. 그 시절의 모습을 찾을 수 없다는 말은 시인은 '거짓말'이라 얘기한다. 어떤 이야기가 거짓말이 될 수 있다는 것은 그 이야기를 이루고 구성하는 사람의 이야기가 사라졌기 때문이다. 기억은 지우개와 같아서 희미해져도 흔적은 남는 것. 원형적 풍경을 복원하기 위해 시인이 주목한 것은 몸의 시학이다. 그는 몸에 진행된 시간의 흔적을 핍진하게 그

려낸다. 몸의 변화로 확인되는 시간의 접점을 통해 이야기는 선명
하게 그려진다.

초등학교 동창생들을 만났다
칠십 넘은 할배 할매들이
쉰아홉 아지매들처럼
우리는 영원한 예순아홉 이라며 마구 떠들어댔다

무릎이 아파 절뚝이고
허리가 아파 어기적거리고
괜히 어지러워 고개를 돌릴 수가 없고
발가락 부러진 지 넉 달이 됐는데도 아직 찔뚝이고
계단 여남은 개를 오르더니
숨이 차 죽겠다며 털썩 주저앉으면서도
입은 아직 멀쩡해 시끌벅적한

초등학교 동창생들을 만났다

쐬주 댓 병을 두꺼비 파리 잡아먹듯 들이키던 당주
돼지고기 서너 근은 일도 아니라며 너끈히 집어삼키던 삼돌이
쌀 한 가마를 식은 죽 먹듯 번쩍번쩍 들어 올리던
천하장사 호봉이도

이제는 기가 꺾여
고기 쬐끔에다 밥 네댓 숟갈만 끼적거리며
아픈 얘기와 건강 얘기만 하다 헤어졌다

막 찍어댄 사진을 단톡방에 막 올리고
건강이 최고지 돈도 자식도 영감탱이도 소용없다며
사는 것보다 사는 날을 더 걱정하며 돌아가던 동창생들

딱 한 반, 남녀공학 77명
동창생들의 어릴 적 모습이
거짓말처럼 아스라이
스쳐갔다

「동창생들을 만났다」 전문

정해인 시인의 유년의 기억은 동화적 풍경으로 구현된다. 시인은 초등학교 동창생들을 만나고 그들의 이야기를 통해 과거의 모습으로 회기 한다. "동창생들의 어릴 적 모습이 거짓말처럼 아스라이 스쳐 지나갔다"는 문장에서 '아스라이'는 정서를 반영한 언어이고 '스쳐 지나갔다'는 말은 신체를 스쳐가는 세월의 흐름을 반영한 언어다. 그러므로 이 단어들을 수렴하는 '거짓말'이라는 단어는 사라진 동창들과 변화된 모습에 대한 반어적 표현이다. 시인은 세월의 흐름이 스쳐간 얼굴에서 과거의 순수했을 시절의 모습을 떠올린다. 과거의 기억과 현재의 모습이 오버랩되는 정서의 교차를 시인은 '아스라이'라는 시어로 표현한다. 이 아스라한 순간에 잠시 되살아나는 추억의 공간을 시인은 언제라도 되살리고 싶어 한다. 그것은 유년 세계의 시적 공간을 되살리면 시간의 흐름에 따라 파편화된 자아의 회복을 기대할 수 있기 때문이다.

시인은 동창생들의 이야기를 기억해 내면서 유년 세계의 시적 공간을 되살린다. 추억을 소환하는 것은 이야기가 기억되는 한 유년 세계의 마법의 장이 펼쳐지기 때문이다. 이 마법의 시간은 칠순의 노인들을 초등학생 때로 되돌리다. '당주'는 지금도 '쐬주 댓 병을 두꺼비 파리 잡아먹듯 들이'킬 것만 같고, 삼돌이는 '돼지고기 서너 근'을 너끈히 먹을 수 있으며 호봉이는 '식은 죽 먹듯 쌀 한 가마를 번쩍번쩍 들어올린다' 이야기를 기억하는 사람들은 그 이야기와 함께 여전히 살아있게 된다. 그것은 이야기가 여러 사람의 마음속에 녹아 있기 때문이다. 그 이야기가 재현될 때 그 시간으로 돌아갈 수 있게 된다.

그러나 이야기가 끝나면 시간의 결은 금방 사그라드는 성냥불과 같이 사라진다. 현재의 모습으로 되돌려지고 기억은 과거의 것으로 정리된다. "이제는 기가 꺾여 고기 쬐끔에다 밥 네댓 숟갈만 끼적거리며 아픈 얘기와 건강 얘기만 하다 헤어졌다"는 말은 더 이상 옛이야기를 나누지 않는 현실인식이다. 한 이야기의 주인공이 사라지면 기억할 이야기가 그만큼 사라지고, 남는 것은 현실의 늙고 아픈 몸뿐이다. 그래서 시인은 끊임없이 기억을 소환하려 한다. 아스라한 마음을 유지되어야 원형적 세계로 들어갈 수 있기 때문이다. 아스라한 순간은 칠순의 동창생들이 순수했던 시절로 돌아갈 수 있는 마법의 시간이며, 이 마법이 지속되는 한 아무도 아프지 않고 아무도 사라지지 않는다. 그래서 시인은 순수의 연속성을 위해 시인은 끝없이 과거를 소환한다. 이러한 마법을 지속시키는 방법은 3연의 한 행으로 처리된 '초등학교 동창생들을 만났다'는 구절이다. 초등학교 동창생을 만나는 잠깐의 시간 동안 아스라한 시간의 마법은 풀리지 않는다.

아래의 인용 시 「우리 집」에서는 위의 시에 나타난 홍시같이 붉게
물든 노을이 '빨갛게 녹슨 대문 고리'로 변주된다.

처마 한 편이 풀썩 주저앉아 있었다
기왓장이 와르르
늙어빠진 등성이 살이
볼꼴 사납게 드러나 있었다

잿간도
헛간도

외양간도
똥수간도

어쩌면 그렇게
어쩌면 그렇게도 깡그리
주저앉아 있단 말인가

하기야 지난 세월이 얼마던가
누구의 숨결도 없이 스쳐간 시간이
얼마던가

아무것도 없다
멀쩡한 것 하나도
없다

그러나 다
있다

기억 너머 거기
희미한 것 뒤 아련한 곳에

모두가 다
있다

빨갛게 녹슨 대문 고리에
꾸부러진 몽당숟가락 하나가
자물쇠처럼 꽂혀

무너져가는 우리집 역사를
홀로 쓰고 읽으며
지키고 있듯이

「우리집」 전문

　위의 시에서 오래전 살았던 집의 '처마 한 편이 풀썩 주저앉아' 있다. 허물어지는 집 안방에는 한때 '낡아가는 수저'가 있는 소박한 식탁이 차려져 있었을 것이다. 시적 화자가 살았다가 떠나왔을 것으로 생각된 이 집은 '부서진 기왓장'과 '늙어빠진 등성이 살이 볼꼴 사납게 드러나' 있다. 지나온 것들이 '깡그리 주저앉아' 있는 것을 보고 화자는 '어쩌면 그렇게'라는 탄식을 반복한다. 때로 시간은 '말할 수 없는 것'에 대해 보여준다. 위의 시에서 '아무것도 없다 멀쩡한 것 하나도 없다'는 문장은 기억 속에 펼쳐진 오래된 풍경을 배신한다. '잿간과 헛간과 외양간과 똥수간'은 한때 가족의 삶의 일부였으나, 지금은 쓸모없어져 잊힌 장소다. 이처럼 사용가치가 사라진 오래된 삶의 양식이 주저앉아 드러난 것이 어쩌면 '볼꼴 사납게' 보이기도 한다. 삶의 형태가 변했기 때문이다.

　그러나 집의 기억을 간직한 '잿간과 헛간'은 사라졌지만 '빨갛게 녹슨 대문 고리'와 '꾸부러진 몽당숟가락 하나가' 남아서 시인의 기억에서 과거의 풍경을 인화해 낸다. 별것 아닌 사소한 사물이 집에 대한 관념을 호출한다. 그리하여 왜곡되고 때론 부정되는 오래된 집의 기억이 시적 주체의 강한 의지를 통해 부활하는 것이다. 시인은 비균질적인 시간에서 사물과 사물에 깃든 기억을 '그러나'라는 접속사로 불러온다. 시어 '그러나'의 이전과 이후는 기억된 것과 기억할 것으로 나누어 충돌되며 언어의 긴장감을 만드는 중요한 시어가 된다. 시인은 7연에 '그러나'라는 접속사를 등장시켜 기억의 문을 여는 반전의 열쇠를 담당하게 한 것이다. 그래서 '그러나'는 시인이 배치한 강력한 희망의 시어가 된다. 집이 허물어지더라도 '그러나' 옛 기억을 간직하고 있으며, 지금은 쓸모없는 것들이라도 '그러나' 집의 기억을 간직하는 한 의미 있는 공간으로 자리하게 된다. 그리하여 시인은 '그러나'라는 시어로 쓰러져가는 '우리집'을 다시 세운다. 그러나 과거에 아무리 어렵고 힘든 일이 닥쳐도 시인에게 삶을 영위해갈 수 있도록 도와준 마법의 주문인 셈이다.

　시인은 없는 것에서 '기억 너머 거기 희미한' 흔적을 발견한다. '그러나 다 / 있다'는 문장이 이 시에서 핵심어로 등장하게 된 것은 그 때문이다. 이 점에서 시인이 '세상을 발견하여 명명하는 사람'이라는 말이 새삼 떠오른다. 시인은 '사는 것보다 사는 날을 더 걱정하는' 동창생에게서 곧 자신의 모습을 본다. 그래서 그날의 사진을 공유해서 남기며 동창회의 기억이 또 하나의 과거로 사라지지 않게 간직하려 한다. 동창회 기념사진은 시인의 기억소환처럼 '없다/있다'가 변증법적으로 몸을 바꾸며 오래된 추억을 다시금 소환시키는 기능을 한다. 아마도 동창회 인원들이 모두 사라져도 사진은 남아 있을 것이다.

'빨갛게 녹슨 대문 고리'에 끼워진 '꾸부러진 몽당숟가락'은 그것을 '구부린 힘'을 간직하고 있는 마법의 도구다. 최초에 숟가락을 구부린 그 힘이 '자물쇠처럼 꽂혀 무너져가는 집의 역사를 홀로 쓰고 지키고 있'다. 사람은 각자 기억의 힘으로 살아간다. 그래서 시인은 지금은 살지 않는 오래전 폐가를 영원히 '우리집'으로 기억한다. 그것을 가능케 한 것이 잊힌 사물들을 호명하는 일이다.

4. 거리엔 서러운 바람이 불어

정해인의 시집에서 살펴볼 수 있는 것은 생활적 실감이다. 시인은 기억의 자리에 대한 면밀한 탐색을 핍진한 생활 인식에서 시작한다. 시인은 생활과 기억 사이에 면밀한 균형감을 보여줌으로써 서정시의 본령을 지킨다.

인류는 자신이 습득한 지식을 다음 세대에 전수하며 자신의 유전자를 보존해 왔다. 인류의 생존에는 과거의 피, 땀, 눈물로 습득된 지식이 세대를 거듭하며 만들어진 지혜가 있는 것이다. 기술 문명이 발전해도 생존의 법칙은 과거에서 미래로 나아가기 위해선 '노동'이 필요하다. 그런데 이 노동이 빛을 발하는 계절이 '봄'이다. 봄에 '들에 나가면 보리싹'이 여물고, '산에 나가면 새순'이 돋는다. 이 시집에서 봄이라는 시간대는 아기의 시간이며, 부모와 함께 지냈던 과거의 시간대이기도 하다. 그런데 시인이 인지한 이 희망의 봄은 계절의 모순에 직면한다.

정해인 시인은 기후변화와 전염병 유행에서 시대의 모순과 역설을 본다. 시인이 수많은 계절을 살아오며 깨달은 것은 아무리 혹독한 추위라도 겨울이 지나면 풀리고 봄이 오면 모든 추위가 사라진다는 것. "틀어지는 소리인가 싶더니 땅 갈라지고 틈마다에서 바스스 고개 드는 것들…중략…이 봄은 정녕 어제와 오늘을 믿어 의심치 않게 하고 온갖 땅마다에서 거룩한 생명을 파종하고 있나니"(「봄」)와 같은 생생불식의 질서가 무너져 있는 것을 시인이 발견한다. 춘래불 사춘(春來不似春). 봄은 왔으나 봄의 희망이 사라진 계절의 역설 앞에서 시인은 좌절한다. "어쩌다 계절이 이렇게 되었는지 올해도 벌써 춘삼월인데 기온은 여전히 영하를 밑돌고"(「삼월에 내리는 눈」) "딱한 새벽 문을 매일 열어야 하는 궁핍한 자들의 가슴에 상처를 주고 느닷없는 계절의 반란 …… 세기의 계절은 분노하고 있다"(「계절의 분노」)에서 시인은 기후위기로 시작된 '느닷없는 계절의 반란'의 이유를 거짓이 거짓을 만나 거짓을 겨루는 세상의 모순에 비롯된 것이라고 일갈한다. 그리고 이러한 계절의 변화에 가장 피해를 보는 것은 가난하고 궁핍한 이들이라는 모순에 직면한다.

이 시집에서 성실하게 살아왔으나 가난한 이들에 대한 안쓰러운 시선이 도처에 보인다. "아니 쓰발 벌써 나가라구요? 신은 우리에게 이런 명쾌한 형벌을 주셨다 …중략… 툭툭 꺼져가는 어둠 속에선 또 한 번의 피 튀기는 비명소리 이런 씨발 오늘도 완전 좆 됐네!"(「통금 무렵」)에서 욕이 시어가 되는 역설적 상황이 벌어진다. '개 같은 하루의 불평'을 술 한 잔으로 달래려는 이들은 '코로나19'로 인해 주점에서 쫓겨난다. '주둥이 닥치고 곧바로 귀가할 것 오갈 땐 필히 마스크 착용'이라는 공권력의 통제에 대해 시인은 대신 욕이라도 한다. 이들은 「착한 김 씨」에 등장하는 '세상을 삐딱하게 보지 않으며 누군가에게서 티끌만한 미운 털 하나도 읽어내려 하지 않'았던 보통 사람들이다. 시인은 이런 착한 김 씨 같은 사람들에게 '세상은 법이라는 시커먼 끈에 묶여 돌아가는 허울 좋은 풍차가 아니'어야 한다고 말한다.

정해인의 시집에는 착하고 성실하지만 가난을 벗어나지 못하는 사람들에 대한 연민이 가득하다. 시 「여인」에 등장하는 여인은 여성성도 거세되고, 세상의 도움도 받지 못한다. "치마 한 번 둘러 본 적이 없다고 했다 사내 덕 본 적도 없고 세상 덕 본 적 역시 없다고 했다 부질없이 살고만 있다"는 여인이 맞닥뜨린 것은 '어둠과 그늘'이다. 희망 없는 세상에서 주어진 것은 삶의 무게뿐이다. 여인에게 삶은 '끝내 만나고 싶지 않던 깊은 한숨'뿐이다. 여인은 '이유 없는 삶으로의 초대를 거부할 수 없었다'라고 하였으나, 이유 없는 태어난 삶이 또 어디 있을까. 낙타의 단계에서는 각자의 짐을 지고 갈 뿐이다.

이제 모순된 삶을 살아가는 것은 각자 삶의 이면을 인식하고 자아를 회복하는 것이다. 그러기 위해서는 삶 자체가 모순이라는 깨달음을 얻어야 한다. 이번 시집에 실린 절창인 「거기에서는」은 시인의 깨달음 끝에 탄생했다. 시인은 '마음이 먼저 가 기다리던 곳'으로 가서 한창 익어가는 계절을 바라본다. 그리고 끝내 자신에게 인색하기만 했던 계절의 모순과 화해한다. "어떤 모순도 용서할 수 있을 것 같은 계절은 굳이 품위를 요구하지 않을 것처럼 너그러워질 무렵"(「거기에서는」)에 대해 노래한다. 시인이 시대의 모순을 이겨내기 위해선 자기 기원에 대한 진지한 탐색을 시도하며 끊임없는 탐색이야말로 생을 꾸준히 살아가는 일이라는 깨달음을 얻는다. 정해인의 시에서 성찰을 향한 운동성은 창작의 중요한 본령에 놓여 있다.

　저~기
　한 사람이 가고 있다
　시간을 끌고
　시간에 끌려

　저~기
　한 사내가 가고 있다
　세월을 말하며 유수와 같이

　허무를 말하며 세월 따라

　저~기
　한 사내가 가고 있다
　어제와 같이 오늘도
　그저께와 같이 오늘도

　가다가 멈출 날
　언제일지 모르면서

「시간을 끌고 세월 따라」 전문

　위의 시에는 한눈팔지 않고 '등교에서 출근까지, 출근에서 퇴직까지' 이어 온 삶의 여정 한 사내의 모습을 그리고 있다. 아마도 그 사내는 시인의 페르소나 일 것이다. 페르소나는 가면, 혹은 그림자라고 불리며 어원은 그리스 가면극에서 배우들이 쓰는 가면에서 비롯했다. 심리학자인 카를 융은 '페르소나'를 '사회에서 요구하는 도덕과 질서, 의무 등을 따르기 위해 자신의 본성을 감추거나 다스리기 위한 것'으로 해석한다. 시인의 그림자인 '사내'는 한때 시간을 끌고 갔으나, 이제는 시간에 끌려가는 형편이다. 그런데 그 사내가 가고 있는 시간은 그저께와 어제와 오늘이 동일하다. 왜냐하면 사내의 존재 이유는 '가고 있다'는 운동성에서 비롯되기 때문이다. 이 점에서 사내의 가는 행위는 수동적으로 해석될 수 있다. 그런데 사내가 걸어가는 '유수와 같은 세월'이 위에서 지적한 모순된 세계라고 한다면 의미가 다양해진다. 사내가 걷는 것은 어쩌면 뻔할지도 모르는 삶의 비의를 알면서도 걸어가는 것이기에 능동성을 띤다. 사내의 운동성이 어제도 오늘도 같은 비루한 생활의 연속이 아니다. 이것을 '소박한 식탁' 하나를 지키기 위한 적극적인 행위로 해석할 수 있다면 위의 시의 마지막 부분에서 '가다가 멈출 날 언제일지 모르면서' 꾸준히 걷는 것은 알베르트 까뮈가 '시지프 신화'에서 실존 의식을 발견한 것과 일맥상통한다. 까뮈는 그의 저서 『시지프 신화』의 마지막 문장에서 "산꼭대기를 향한 투쟁만으로도 인간의 마음을 채우기에 충분하다; 우리는 시지프가 행복하다고 상상하여야 한다." 고 했다. 그는 매일 같은 일을 반복해야 하는 부조리한 세상에서 묵묵히 '언제일지 모르는' 마지막 순간까지 운동성을 견지하는 일이야말로 인간이 신의 저주 같은 유한성을 극복하고 인간답게 살아내는 일임을 간파하였다. 이제 정해인 시인이 발견한 '노을의 시간'이 갖는 함의가 풀렸다. 노을이 진다는 것은 곧 어둠의 세계가 펼쳐진다는 경고이지만, 그 어둠은 지구 다른 쪽에서의 일출을 의미하는 것이므로. 그리하여 사내는 어딘가를 향해 걷고 있을 것이다. 어제의 시간과 내일의 시간 사이에 수저를 나란히 놓고 '소박한 식탁'을 차릴 것이다.

정해인의 첫 시집을 읽어가면서 죽음에 대한 실존적 인식이 가득한 것을 발견했다. 이것은 역설적으로 시인이 현실의 삶에 대한 반성적 시학을 시적 전략으로 삼고 있기 때문이다. 이 시집에 깃든 황혼의 시간은 그러므로 반성을 통해 삶의 완숙이 되는 긍정의 시간이다. 그가 황혼의 시간을 직시하는 것은 인생의 길을 발견한 자의 깨달음에서 비롯된다. 정해인 시인은 근원적 풍경을 여행하는 도입의 과정으로 현재를 바라본다. 시인이 연민과 사랑의 시선으로 바라보는 타자들은 가난하거나 늙고 병들었다. 낭만적 시학에서는 기억의 저편에 구성된 근원적 풍경으로 타자들을 초대하여 현실의 고난을 잊게 한다. 그러기 위해 시인은 기억 저편과 이편 사이를 부지런히 오가며 존재의 시원을 탐색한다. 정해인 시인의 이러한 탐색은 현실의 망각이 아니라 핍진한 현실의 인식에서 비롯되었다는 점이 향후의 창작을 기대하게 한다.